Nota para los padres y encargados:

Los libros de *Read-it! Readers* son para niños que se inician en el maravilloso camino de la lectura. Estos hermosos libros fomentan la adquisición de destrezas de lectura y el amor a los libros.

 El NIVEL MORADO presenta temas y objetos básicos con palabras de alta frecuencia y patrones de lenguaje sencillos.

 El NIVEL ROJO presenta temas conocidos con palabras comunes y oraciones de patrones repetitivos.

 El NIVEL AZUL presenta nuevas ideas con un vocabulario más amplio y una estructura gramatical más variada.

 El NIVEL AMARILLO presenta ideas más elevadas, un vocabulario extenso y una amplia variedad en la estructura de las oraciones.

 El NIVEL VERDE presenta ideas más complejas, un vocabulario más variado y estructuras del lenguaje más extensas.

 El NIVEL ANARANJADO presenta una amplia de ideas y conceptos con vocabulario más elevado y estructuras gramaticales complejas.

Al leerle un libro a su pequeño, hágalo con calma y pause a menudo para hablar acerca de las ilustraciones. Pídale que pase las páginas y que señale los dibujos y las palabras conocidas. No olvide volverle a leer los cuentos o las partes de los cuentos que más le gusten.

No hay una forma correcta o incorrecta de compartir un libro con los niños. Saque el tiempo para leer con su niña o niño y transmítale así el legado de la lectura.

Adria F. Klein, Ph.D.
Profesora emérita, California State University
San Bernardino, California

Managing Editor: Bob Temple
Creative Director: Terri Foley
Editor: Brenda Haugen
Editorial Adviser: Andrea Cascardi
Copy Editor: Laurie Kahn
Designer: Melissa Voda
Page production: The Design Lab
The illustrations in this book were created in watercolor, colored pencil, and ink.
Translation and page production: Spanish Educational Publishing, Ltd.
Spanish project management: Jennifer Gillis/Haw River Editorial

Picture Window Books
5115 Excelsior Boulevard
Suite 232
Minneapolis, MN 55416
1-877-845-8392
www.picturewindowbooks.com

Library of Congress Cataloging-in-Publication Data
Blair, Eric.
[Rumpelstiltskin. Spanish]
Rumpelstiltskin : versión del cuento de los hermanos Grimm / por Eric Blair ; ilustrado
por David Shaw ; traducción, Patricia Abello.
p. cm. — (Read-it! readers)
Summary: An easy-to-read retelling of a classic tale in which a strange man spins straw
into gold, asks a huge reward, and offers a seemingly impossible way out of the deal.
ISBN 1-4048-1637-2 (hard cover)
[1. Fairy tales. 2. Folklore—Germany. 3. Spanish language materials.]
I. Grimm, Jacob, 1785-1863. II. Grimm, Wilhelm, 1786-1859. III. Shaw, David, 1947-,
ill. IV. Abello, Patricia. V. Rumpelstiltskin (Folk tale) Spanish. VI. Title. VII. Series.

PZ74.B4286 2006
398.2094302—dc22
[E]   2005023796

Rumpelstiltskin

Versión del cuento de los hermanos Grimm

por Eric Blair
ilustrado por David Shaw

Traducción: Patricia Abello

Con agradecimientos especiales a nuestras asesoras:

Adria F. Klein, Ph.D.
Profesora emérita, California State University
San Bernardino, California

Kathy Baxter, M.A.
Ex Coordinadora de Servicios Infantiles
Anoka County (Minnesota) Library

Susan Kesselring, M.A.
Alfabetizadora
Rosemount-Apple Valley-Eagan (Minnesota) School District

PICTURE WINDOW BOOKS
Minneapolis, Minnesota

Los hermanos Grimm

Los hermanos Jacob y Wilhelm Grimm
se pusieron a reunir cuentos viejos de
su país, Alemania, para ayudar a un amigo.
El proyecto se suspendió por un tiempo, pero
los hermanos no lo olvidaron. Años después,
publicaron el primer libro de los cuentos de
hadas que oyeron. Hoy día, esos cuentos
todavía entretienen a niños y adultos.

Una vez, un hombre pobre fue a hablar con el rey. Para darse importancia, le dijo al rey que su hija hilaba paja y la convertía en oro.

El rey no le creyó al hombre. Decidió poner a prueba a la chica. La llevó a un cuarto lleno de paja.

—Convierte esta paja en oro de aquí al amanecer. Si no, morirás —dijo el rey.

La chica no sabía qué hacer. No tenía ni idea de cómo convertir la paja en oro. Lloró, lloró y lloró.

De repente, apareció un hombrecillo.

—¿Por qué lloras? —preguntó.

—No sé cómo convertir esta paja en oro —dijo ella—. Si no logro hacerlo, el rey me matará mañana.

El hombrecillo preguntó: —¿Qué me darías
si convierto la paja en oro?

La chica le ofreció su collar.
El hombrecillo lo tomó y se puso a trabajar.

Tuist, tuist, tuist.

Hiló la paja y la convirtió en oro.

Cuando el rey vio el oro, se puso muy contento. Pero quería más. Llevó a la chica a un cuarto mucho más grande lleno de paja.

—Convierte esta paja en oro o perderás la vida —dijo el rey.

Una vez más, la chica no sabía qué hacer.
Y una vez más, el hombrecillo apareció.

—¿Qué me darías si hilo la paja? —preguntó.

Esta vez, la chica le ofreció su anillo.
El hombrecillo tomó el anillo y se puso
a trabajar.

Tuist, tuist, tuist.

Convirtió en oro toda la paja.

El rey estaba feliz, pero quería más. Llevó a la chica a un cuarto todavía más grande.

—Si conviertes toda esta paja en oro, serás mi esposa y reina —dijo—. Pero si no lo haces, morirás.

Esa noche, el hombrecillo volvió a aparecer.

—¿Qué me darías esta vez si hilo toda la paja? —preguntó.

—No me queda nada que darte —dijo la chica.

—Entonces prométeme que cuando seas
reina, me darás tu primer hijo —dijo el
hombrecillo.

La chica no sabía qué hacer. No se le ocurría otro modo de salir del lío. Así que le prometió darle su primer hijo. El hombrecillo volvió a hilar la paja y la convirtió en oro.

Cuando el rey vio el oro, se puso muy contento. Se casó con la chica y la nombró reina.

Un año después, la reina tuvo un bello bebé.
No recordaba la promesa que hizo.

Pero el hombrecillo no lo olvidaba.
Fue ante la reina y le dijo: —Dame lo
que me prometiste.

La reina estaba horrorizada. Le ofreció todas las riquezas de su reino si dejaba a su hijo en paz.

—No —dijo el hombrecillo—. Un niño es más valioso para mí que todos los tesoros del mundo.

La reina lloró tanto que el hombrecillo
sintió pesar por ella.

—Si adivinas mi nombre, dejaré que te quedes con tu hijo —dijo—. Te doy tres días.

Cuando el hombrecillo llegó al día siguiente,
la reina dijo todos los nombres que se le
ocurrieron: —Miguel, Tomás, Ricardo, Juan.

Cada vez, el hombrecillo decía:
—Ése no es mi nombre.

Cuando el hombrecillo llegó al segundo día, la reina dijo los nombres más raros que se le ocurrieron.

—¿Patadecabra? ¿Aladepavo? ¿Pataderrata?

Cada vez, el hombrecillo contestaba:
—Ése no es mi nombre.

28

Esa noche, un mensajero vio al hombrecillo bailar y cantar en el bosque alrededor de una hoguera.

—Ji, ja, ji, ja. ¡Qué pesar me da que nadie sepa que me llamo Rumpelstiltskin y ya! —cantaba.

El mensajero se lo contó a la reina.

Al día siguiente, el hombrecillo llegó y dijo:
—Y bien, mi reina. ¿Cuál es mi nombre?

—¿Es Rumpelstiltskin tu nombre? —preguntó la reina.

—¿Cómo lo supiste? —gritó el hombrecillo.
—¿Quién te lo dijo?

Rumpelstiltskin estaba muy enojado.
Dio una patada tan fuerte que desapareció en el suelo y nunca lo volvieron a ver.

Más *Read-it! Readers*

Con ilustraciones vívidas y cuentos divertidos da gusto practicar la lectura. Busca más libros a tu nivel.

CUENTOS DE HADAS Y FÁBULAS

La bella durmiente	1-4048-1639-9
La Bella y la Bestia	1-4048-1626-7
Blanca Nieves	1-4048-1640-2
El cascabel del gato	1-4048-1615-1
Los duendes zapateros	1-4048-1638-0
El flautista de Hamelín	1-4048-1651-8
El gato con botas	1-4048-1635-6
Hansel y Gretel	1-4048-1632-1
El léon y el ratón	1-4048-1623-2
El lobo y los siete cabritos	1-4048-1645-3
Los músicos de Bremen	1-4048-1628-3
El patito feo	1-4048-1644-5
El pescador y su mujer	1-4048-1630-5
La princesa del guisante	1-4048-1634-8
El príncipe encantado	1-4048-1631-3
Pulgarcita	1-4048-1642-9
Pulgarcito	1-4048-1643-7
Rapunzel	1-4048-1636-4
La sirenita	1-4048-1633-X
El soldadito de plomo	1-4048-1641-0
El traje nuevo del emperador	1-4048-1629-1

¿Buscas un título o un nivel específico? La lista completa de *Read-it! Readers* está en nuestro Web site: *www.picturewindowbooks.com*